ひまな王女さま

きたがわ 雅子
Masako Kitagawa

文芸社

※わからない言葉《ことば》があったら、国語辞典《こくごじてん》で調《しら》べてみてね。

目次

第1話《だいいちわ》

あるところに
とても忙《いそが》しい王女様《おうじょさま》がいました。

なぜならその王女様《おうじょさま》はいつも気《き》が利《き》いていて、
召使《めしつか》いの子供《こども》が風邪《かぜ》をひいたりすると
「心配《しんぱい》でしょうから、今日《きょう》はあなたのお仕事《しごと》の半分《はんぶん》を私《わたし》がします。
半分《はんぶん》やったら、家《いえ》に帰《かえ》って息子《むすこ》のお世話《せわ》をしなさい。
かならずその子供《こども》がお布団《ふとん》に入《はい》っているか確《たし》かめながら
おいしい温《あたた》かいスープを作《つく》ってあげなさいね。」
と言《い》って玉《たま》ねぎやセロリを持《も》たせてあげるのでした。

またある時《とき》、
彼女《かのじょ》の秘書《ひしょ》が足《あし》をひねって痛《いた》めた時《とき》……。
「まあ、大変《たいへん》！」
と、庭《にわ》に咲《さ》いているアルニカの花《はな》を
惜《お》しげもなく切《き》り取《と》り、
薬草係《やくそうがかり》にお薬《くすり》を作《つく》らせ手当《てあ》てをしてあげる
という具合《ぐあい》でした。

庭《にわ》には畑《はたけ》があり、王女《おうじょ》みずから、さまざまな野菜《やさい》を育《そだ》てました。
珍《めずら》しいお野菜《やさい》が手《て》に入《はい》ると、必《かなら》ず3年《さんねん》くらい様子《ようす》を見《み》てから
「皆《みんな》にこれは栄養《えいよう》があるから」と言《い》って
同《おな》じようにその野菜《やさい》を育《そだ》てることを勧《すす》めました。

お料理《りょうり》にも詳《くわ》しく、あまりにも太《ふと》った衛兵《えいへい》※がいると、
彼《かれ》のために、特別《とくべつ》なサラダを組《く》み合《あ》わせたメニューを考《かんが》え、
コックに渡《わた》すくらいでした。

ですからこの王女様《おうじょさま》の国《くに》はいつも皆幸《みなしあわ》せそうでした。

どうです？
あなたもこんな国《くに》に住《す》んでみたいと思《おも》いませんか？

※雇われ兵士

第《だい》2話《にわ》

本当《ほんとう》にお忙《いそが》しい王女様《おうじょさま》に
ある時《とき》、隣《となり》の国《くに》の使者《ししゃ》が
その国《くに》の王女様《おうじょさま》のお手紙《てがみ》を持《も》ってきました。

なんとお隣《となり》の国《くに》の王女《おうじょ》さまは
不思議《ふしぎ》な病《やまい》のために寝《ね》たきりになっていると……。
お返事《へんじ》の代《か》わりに、わが国《くに》の王女様《おうじょさま》は馬《うま》にまたがり
その使者《ししゃ》を案内《あんない》に隣《となり》の国《くに》の王女《おうじょ》を見舞《みま》いました。

寝《ね》たきりになっている隣《となり》の国《くに》の王女様《おうじょさま》はたいそう喜《よろこ》んで、

「まあ、大変《たいへん》あなたほどのお忙《いそが》しい方《かた》がお見舞《みま》いに来《き》てくださるなんて。」と大喜《おおよろこ》び。

わが国《くに》の王女様《おうじょさま》はニコニコして言《い》いました。

「あら、暇《ひま》だから色々《いろいろ》やっているのです。暇《ひま》だからあなた様《さま》のお見舞《みま》いに来《く》ることができたのです。」

隣《となり》の国《くに》の王女様《おうじょさま》は申《もう》し訳《わけ》なさそうに、

「実《じつ》は私《わたし》はたいくつでたいくつで……。」

そうです、隣《となり》の国《くに》の王女様《おうじょさま》は退屈病《たいくつびょう》だったのです。

と、すっかり嬉《うれ》しくなって、病気《びょうき》も忘《わす》れてしまったかのようでした。

皆《みな》さんも暇《ひま》な王女様《おうじょさま》くらいの余裕《よゆう》を持《も》って生《い》きたいですね。

でもなぜ退屈病《たいくつびょう》になられたのでしょうか？

皆《みな》さんは退屈《たいくつ》しますか？

第3話《だいさんわ》

我《われ》らの素敵《すてき》な王女様《おうじょさま》は
とてもおしゃれでした。

そのため毎日《まいにち》、いろいろなお洋服《ようふく》を考《かんが》え、
自分《じぶん》の国《くに》の傭兵《ようへい》※たちには、
斬新《ざんしん》で素敵《すてき》なスタイルの服《ふく》をデザインしました。

幸《さいわ》い蚕《かいこ》を育《そだ》てて、シルクの布《ぬの》もお城《しろ》の工房《こうぼう》で織《お》らせていました。
シルクを染《そ》めるのももちろん、
自分《じぶん》の国《くに》の畑《はたけ》の野菜《やさい》や庭《にわ》の草花《くさばな》を使《つか》うことができました。

※警備、見守る仕事

そのため王女《おうじょ》の国《くに》はとても洗練《せんれん》されていると評判《ひょうばん》でした。

あの有名《ゆうめい》な裸《はだか》の王様《おうさま》もそれを聞《き》きつけて、

「できましたら貴方様《あなたさま》のデザインによる服《ふく》を着《き》たいものですなあ。」

と伝書鳩《でんしょばと》に手紙《てがみ》を送《おく》らせて来《き》たほどです。

こればかりは、わが国《くに》の王女様《おうじょさま》はクスッと笑《わら》って

「裸《はだか》の王様《おうさま》はまだ懲《こ》りないのね。

いい加減《かげん》にご自分《じぶん》の国《くに》の皆様《みなさま》から

素敵《すてき》なデザインを募集《ぼしゅう》すれば良《い》いのに。」

と、そういう趣旨《しゅし》をしたため、

お返事《へんじ》を鳩《はと》に託《たく》して飛《と》ばしました。

裸《はだか》の王様《おうさま》の宮殿《きゅうでん》では、鳩《はと》のお世話係《せわがかり》が

今《いま》か今《いま》かと伝書鳩《でんしょばと》の帰《かえ》りを待《ま》っていました。

やっと鳩《はと》が戻《もど》り、お手紙《てがみ》を裸《はだか》の王様《おうさま》にお見《み》せしますと
今度《こんど》ばかりは王様《おうさま》は、驚《おどろ》いて……
「ハハ〜〜なるほど。王女様《おうじょさま》は賢《かしこ》いお方《かた》だ。
こうやって国《くに》を豊《ゆた》かにしとるわけか……。
私《わたし》も見習《みなら》って国《くに》の者《もの》たちから良《よ》いデザインを募集《ぼしゅう》し、
また蚕《かいこ》を飼《か》って絹《きぬ》の織物《おりもの》を作《つく》るようにしよう……」

それから数年《すうねん》たち……、
裸《はだか》の王様《おうさま》の国《くに》も前《まえ》よりは
ずっとずっとオシャレになりました。
なんて素敵《すてき》なんでしょう。わくわくしますね。

第《だい》4話《よんわ》

皆《みな》さんは以前《いぜん》お話《はな》しした、
退屈病《たいくつびょう》のお隣《となり》の王女様《おうじょさま》のことを覚《おぼ》えていらっしゃいますか？

実《じつ》はあれからあの王女様《おうじょさま》はまた退屈病《たいくつびょう》におなりになり
困《こま》った大臣《だいじん》が使者《ししゃ》を送《おく》ってきました。

大臣《だいじん》のお手紙《てがみ》はこうでした。
「親愛《しんあい》なる王女様《おうじょさま》
わが国《くに》の王女《おうじょ》がまた退屈病《たいくつびょう》になられ、毎日床《まいにちとこ》についておいでです。
それで差《さ》し支《つか》えなかったら王女様《おうじょさま》の国《くに》にて保養《ほよう》させていただけないでしょうか？」

わが国《くに》の王女様《おうじょさま》は、
「まあまあ、それはお困《こま》りですわね。
どうぞそちらの王女様《おうじょさま》をわが国《くに》にお連《つ》れくださいませ。
ここに招待状《しょうたいじょう》を同封致《どうふういた》しますので、王女様《おうじょさま》にお渡《わた》しくださいね。」
と……。

これは大臣《だいじん》にとって好都合《こうつごう》、
なだめたりすかしたりしてどうやって
お隣《となり》の王女様《おうじょさま》のところにお連《つ》れしたら良《よ》いかと、
思案《しあん》しなくても良《よ》かったからです。

「招待状《しょうたいじょう》。
お隣《となり》の王女様《おうじょさま》、お元気《げんき》でいらっしゃいますか?

たまには私《わたし》の国《くに》にお遊《あそ》びにいらっしゃいませ。
そうですね。7週間《ななしゅうかん》ほど。ぜひ楽器《がっき》をお持《も》ちくださいませ。
それから紙《かみ》や絵《え》の具《ぐ》などもお持《も》ちでしたらご持参《じさん》くださいませ。」
さあ大変《たいへん》、お隣《となり》の王女様《おうじょさま》はとても喜《よろこ》んで、大臣《だいじん》や召使《めしつか》いに、
「楽器《がっき》はどこにある？　紙《かみ》や絵《え》の具《ぐ》も用意《ようい》してね、お願《ねが》い。」
全《まった》くそういうものに興味《きょうみ》がなかったために、
国中《くにじゅう》探《さが》しても、ちょうど良《よ》い楽器《がっき》がありませんでした。
紙《かみ》は書類《しょるい》の書《か》き損《そん》じのものと、絵《え》の具《ぐ》はやっと屋根裏部屋《やねうらべや》から
干《ひ》からびたものしか見《み》つかりませんでした。
大臣《だいじん》は「一応《いちおう》これでよいだろう。」と荷物《にもつ》にそれらを入れました。
素晴《すば》らしい楽器《がっき》は用意《ようい》できませんでしたので、

暖炉《だんろ》にくべるようなさくらんぼの木《き》の枝《えだ》の中《なか》から
丈夫《じょうぶ》そうなものを何本《なんぼん》か選《えら》び荷物《にもつ》の中《なか》に入《い》れました。
支度《したく》がやっとできたので、王女《おうじょ》は隣《となり》の国《くに》に出発《しゅっぱつ》することになりました。

あなただったら7週間《ななしゅうかん》もお出《で》かけする場合《ばあい》、
何《なに》を持《も》って行《い》きますか？

第《だい》5《ご》話《わ》

我《わ》が国《くに》の王女様《おうじょさま》はおいしい牛乳《ぎゅうにゅう》が大好《だいす》きでした。
それで一月《ひとつき》に一度《いちど》や二度《にど》、
乳牛《にゅうぎゅう》を飼《か》っている農家《のうか》を訪問《ほうもん》しました。
野原《のはら》でピクニックをするという口実《こうじつ》とともに
牛《うし》を見《み》に行《い》きました。

数年前《すうねんまえ》に牛《うし》のためだけの野原《のはら》を考《かんが》えついて
牛飼《うしか》いたちに放牧《ほうぼく》を提案《ていあん》したのです。
牛《うし》が十分《じゅうぶん》に外《そと》で遊《あそ》んだり、おいしい草《くさ》を食《た》べれば、

農家《のうか》は他《ほか》の仕事《しごと》ができるかなと王女様《おうじょさま》は考《かんが》えました。

牛飼《うしか》いのトーマスは14歳《じゅうよんさい》、
今日《きょう》は王女様《おうじょさま》と野原《のはら》で昼食《ちゅうしょく》です。
忙《いそが》しいと思《おも》ったけれど、
トーマスのお父《とう》さんとお母《かあ》さんもやってきて、
トーマスが最近作《さいきんつく》ったという薬草《やくそう》のお茶《ちゃ》を飲《の》みました。

このように王女様《おうじょさま》は楽《たの》しいことをこの国《くに》の皆《みな》に教《おし》えます。
トーマスのお母《かあ》さんは、
とびきりおいしいパンを王女様《おうじょさま》にと焼《や》いてきました。
王女様《おうじょさま》はたいそう気《き》に入《い》って、
「農家《のうか》のパン」と名《な》づけました。
「これは時々市《ときどきいち》に出《だ》してくださいな。皆喜《みなよろこ》ぶでしょう。」と。

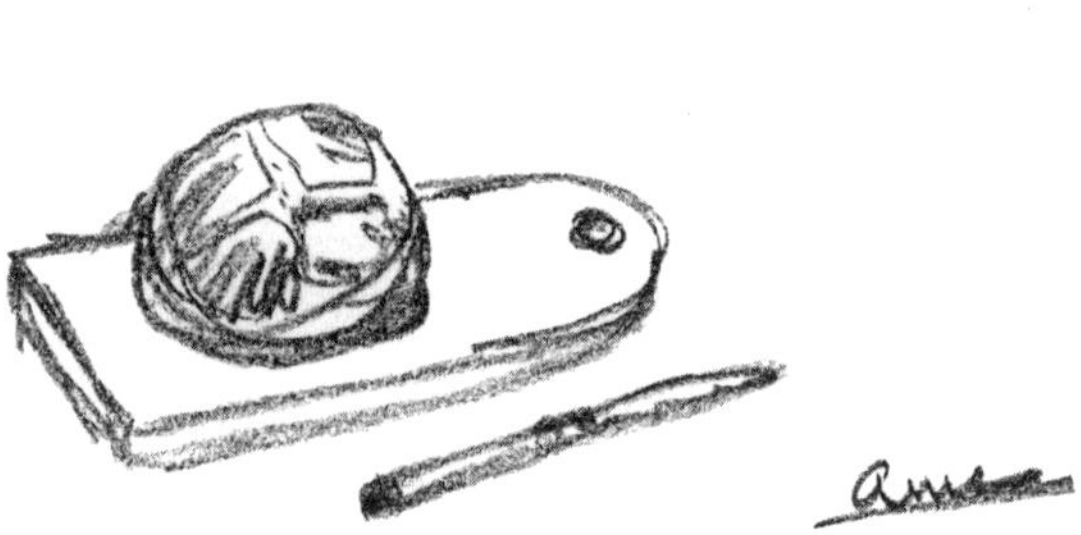

おいしい牛乳《ぎゅうにゅう》でできたバターをたっぷり塗《ぬ》って食《た》べるのです。
牛《うし》の牧草地《ぼくそうち》にはいろいろな薬草《やくそう》も育《そだ》っていて、
食《た》べてはいけない草《くさ》は牛《うし》はよく分《わ》かっていて
牛《うし》に毒《どく》になる草《くさ》は食《た》べません。賢《かしこ》いですね。

牧草地《ぼくそうち》は緩《ゆる》やかな丘《おか》になっていて
その下《した》の方《ほう》にちょっとした畑《はたけ》もあります。
果樹《かじゅ》も何本《なんぼん》かうわっています。

遠《とお》くに小麦畑《こむぎばたけ》、季節《きせつ》になると黄金色《こがねいろ》に輝《かがや》くのですよ。
さらさらーっとそよ風《かぜ》が、
小麦《こむぎ》たちにお辞儀《じぎ》をさせて通《とお》り抜《ぬ》けていくのが
とても気持《きも》ち良《い》いのです。

皆《みな》さんは時々《ときどき》、野原《のはら》に行《い》くことがありますか？
今度《こんど》行《い》った時《とき》、空《そら》はどんな色《いろ》か、雲《くも》があるか、
鳥《とり》たちのさえずりは聴《き》こえるか、教《おし》えてくださいね。

第《だい》6《ろく》話《わ》

退屈病《たいくつびょう》のお隣《となり》の王女様《おうじょさま》は、
わが国《くに》の王女様《おうじょさま》の招待《しょうたい》を受《う》けて
7週間《ななしゅうかん》の訪問《ほうもん》にわくわくしておりました。

その間《あいだ》に、お隣《となり》の王女様《おうじょさま》の宮殿《きゅうでん》では、
わが国《くに》の王女様《おうじょさま》の提案《ていあん》で、お隣《となり》の王女様《おうじょさま》の居室《きょしつ》の壁《かべ》を
新《あたら》しいものに貼《は》り替《か》える作業《さぎょう》が行《おこな》われることになりました。

このアイデアはもちろん、
わが国《くに》の王女様《おうじょさま》のご指導《しどう》によるものだそうです。

なんでもこの間《あいだ》、王女様《おうじょさま》がお見舞《みま》いに伺《うかが》った際《さい》に、ご覧《らん》になったお隣《となり》の王女様《おうじょさま》のお部屋《へや》の壁《かべ》の色《いろ》は、黒《くろ》っぽい鼠色《ねずみいろ》でなんとも居心地《いごこち》の悪《わる》い様子《ようす》。
今度《こんど》は薄《うす》い桃色《ももいろ》になさるそうで、
これもまたわが国《くに》で織《お》ったシルクが使《つか》われるのです。

わが国《くに》の王女様《おうじょさま》は、人《ひと》は暗《くら》いお部屋《へや》に暮《く》らすと病気《びょうき》になると気《き》がついています。

時々村《ときどきむら》をお忍《しの》びで訪《おとず》れてはいろんな家《いえ》を視察《しさつ》されます。

そんな時《とき》、村《むら》のいろんな奥様方《おくさまがた》に服《ふく》の作《つく》り方《かた》や、時《とき》にはお野菜《やさい》などで布《ぬの》を染《そ》めることも教《おし》えたりします。

刺繍《ししゅう》や編《あ》み物用《ものよう》の羊毛《ようもう》も手《て》に入《い》れて教《おし》えます。

今考《いまかんが》えているのは、羊《ひつじ》を飼育《しいく》できないものかと……。

我《わ》が国《くに》ではまだ羊《ひつじ》は飼育《しいく》されていないのです。

とにかく、お隣《となり》の王女様《おうじょさま》のお部屋《へや》がどんな風《ふう》になるか楽《たの》しみですね。

皆《みな》さんのお部屋《へや》は窓《まど》がありますか？

本《ほん》はありますか？　自分《じぶん》で掃除《そうじ》しますか？

第《だい》7《なな》話《わ》

我《わ》が国《くに》では、大臣《だいじん》はテノール、調理《ちょうり》のコックはバス、
織物工房《おりものこうぼう》で働《はたら》く女性《じょせい》たちはソプラノとアルト、庭師《にわし》もテノール、
厩舎《きゅうしゃ》の馬番《うまばん》もバスという具合《ぐあい》に、
皆何《みななに》かしらの歌《うた》を口《くち》ずさみながら仕事《しごと》をしておりますゆえ、
それはそれは、音楽学校《おんがくがっこう》を訪《おとず》れた雰囲気《ふんいき》で、
特《とく》に夏場《なつば》の午後《ごご》1時《いちじ》から午後《ごご》2時《にじ》、冬場《ふゆば》は午後《ごご》4時《よじ》から午後《ごご》5時《ごじ》までは
歌《うた》を歌《うた》う人《ひと》たちは皆《みんな》で揃《そろ》って練習《れんしゅう》します。
午前《ごぜん》は10時《じゅうじ》から11時《じゅういちじ》に楽器演奏《がっきえんそう》の人《ひと》たちの練習《れんしゅう》と決《き》まっておりました。

さて、翌日《よくじつ》。お隣《となり》の国《くに》の王女様《おうじょさま》が到着《とうちゃく》した際《さい》、

わが国《くに》の王女様《おうじょさま》がどこにいらっしゃるのかと
宮殿《きゅうでん》を歩《ある》いておりますと、どこからか軽《かろ》やかな音色《ねいろ》。

パラリラリン　パラララー
パラパラパラ　トラララー
パラリラリンリラ　リルララー

お隣《となり》の王女様《おうじょさま》にとっては今《いま》まで聴《き》いたこともない音色《ねいろ》です。
音《おと》のする部屋《へや》のドアをそうっと開《あ》けますと、
わが国《くに》の王女様《おうじょさま》が何《なに》やら楽器《がっき》を演奏《えんそう》しているところでした。
一曲《いっきょく》弾《ひ》き終《お》わると、わが国《くに》の王女様《おうじょさま》は、
「この楽器《がっき》はチェンバロと言《い》って遠《とお》いフランスで作《つく》られたものです。
こうやって両手《りょうて》で演奏《えんそう》するのよ。」

と見《み》せてくださったのです。


皆《みな》さんはチェンバロって知《し》っていますか？

見《み》たことや触《さわ》ったことはありますか？


一度《いちど》弾《ひ》いてみると良《い》いですね。とても美《うつく》しい音色《ねいろ》なんです。


わが国《くに》の王女様《おうじょさま》の練習《れんしゅう》が終《お》わるやいなや、お隣《となり》の王女様《おうじょさま》は、

「まあ素敵《すてき》な音色《ねいろ》ですこと。」

わが国《くに》の王女様《おうじょさま》は、お隣《となり》の王女様《おうじょさま》に、

「あなたはどんな楽器《がっき》をなさるのですか？」

「いや、我《わ》が国《くに》には楽器《がっき》というものは、太鼓《たいこ》くらいしかなくて……。」

と恥《は》ずかしそうにお答《こた》えになりました。

皆《みな》さんはお隣《となり》の王女様《おうじょさま》の大臣《だいじん》が
木《き》の枝《えだ》を数本《すうほん》持《も》たせてくださったのを覚《おぼ》えていますか？

第《だい》8《はち》話《わ》

さて皆《みな》さんは、
お隣《となり》の王女様《おうじょさま》が楽器《がっき》をお持《も》ちでなかったので、
お隣《となり》の王女様《おうじょさま》の大臣《だいじん》が、暖炉《だんろ》にくべるような
木《き》の枝《えだ》を数本《すうほん》ご用意《ようい》なされました。
わが国《くに》の楽師《がくし》※たちに相談《そうだん》すると、
この木《き》はさくらんぼの木《き》で、
ちょうど良《よ》いブロックフローテができるということで、
楽器制作《がっきせいさく》の工房《こうぼう》の親方《おやかた》が張《は》り切《き》って持《も》って行《い》きました。
幸《さいわ》いこのさくらんぼの木《き》の枝《えだ》は太《ふと》くて、

※宮廷などで音楽を演奏する音楽家

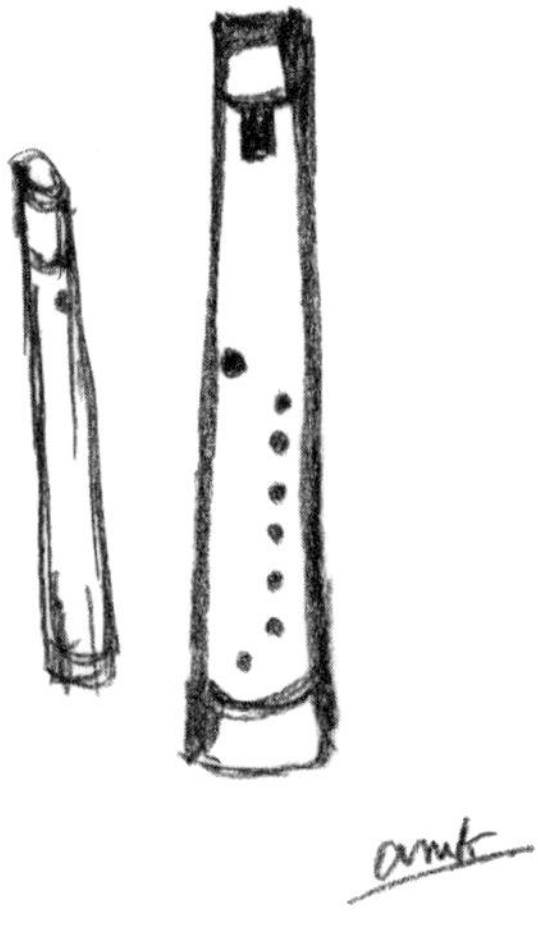

じゅうぶん乾燥《かんそう》させてあるので、楽器《がっき》にはもってこいだったようです。

「来週《らいしゅう》にはある程度形《ていどかたち》になりますので見《み》に行《い》きましょう。

でも完成《かんせい》までは半年《はんとし》かかるそうです。

工房《こうぼう》にはいろいろな道具《どうぐ》があり、作《つく》るのを見学《けんがく》するのはとても興味深《きょうみぶか》いことですのよ。」

と王女様《おうじょさま》は隣《となり》の王女様《おうじょさま》にお伝《つた》えしました。

「きっとお国《くに》にお戻《もど》りになるまでには、楽器《がっき》が出来上《できあ》がるかもしれませんよね？

今《いま》はこのブロックフローテをお使《つか》いくださいませ。」

と、気前《きまえ》よくご自分《じぶん》の一本《いっぽん》をお隣《となり》の王女様《おうじょさま》に差《さ》し出《だ》しました。

「この楽器《がっき》はこのように持《も》ちまして。

左手《ひだりて》が上《うえ》、右手《みぎて》が下《した》で穴《あな》を指《ゆび》でふさいだり開《ひら》いたりします。

全部《ぜんぶ》ふさがると低《ひく》いドが出《で》るのですよ。」

ブロックフローテを吹《ふ》いたことがない
お隣《となり》の王女様《おうじょさま》が真似《まね》ても、ちっとも音《おと》が鳴《な》りません。
わが国《くに》の王女様《おうじょさま》はとっても根気《こんき》よく、
「まずは今日《きょう》は持《も》ち方《かた》だけね。
まっすぐ立《た》って、それから決《けっ》して強《つよ》く息《いき》を吹《ふ》かないこと。」
左手《ひだりて》のひとさし指《ゆび》、中指《なかゆび》、薬指《くすりゆび》を使《つか》ってシ、ラ、ソの練習《れんしゅう》をしました。
お隣《となり》の王女様《おうじょさま》は、明日《あした》から毎日《まいにち》
我《わ》が国《くに》の王女様《おうじょさま》のお抱《かか》えのブロックフローテの演奏家《えんそうか》に
ブロックフローテを習《なら》うことになりました。

なんてわくわくでしょうか、お隣《となり》の王女様《おうじょさま》がんばれ！

第《だい》9話《きゅうわ》

翌日《よくじつ》になりました。
お隣《となり》の王女様《おうじょさま》の初《はじ》めのレッスンは朝食後《ちょうしょくご》でした。

昨日《きのう》我《わ》が国《くに》の王女様《おうじょさま》から最初《さいしょ》の手《て》ほどきを受《う》けていたので、上手《じょうず》にでき、先生《せんせい》にとても褒《ほ》められました。
それでとても良《よ》い気分《きぶん》で過《す》ごされました。

お隣《となり》の国《くに》では退屈《たいくつ》な日々《ひび》だったので、
毎朝《まいあさ》、お食事《しょくじ》もおいしく食欲《しょくよく》も出《で》ました。
レッスン後《ご》、我《わ》が国《くに》の王女様《おうじょさま》はどちらかしらと侍女《じじょ》にお尋《たず》ねされますと、

「わが国《くに》の王女様《おうじょさま》は病《やまい》にふされているご老人《ろうじん》たちを見舞《みま》うために、
様子《ようす》を見《み》に行《い》っています。」
と近《ちか》くの建物《たてもの》を教《おし》えてくださいました。

そこは教会《きょうかい》の庭《にわ》の中《なか》にある、いわゆる現代《げんだい》の老人《ろうじん》の家《いえ》のようです。
わが国《くに》の王女様《おうじょさま》は他《ほか》の女性《じょせい》たちといっしょに、
絵《え》の具《ぐ》を使《つか》った絵《え》をご指導《しどう》されているところでした。
わが国《くに》の王女様《おうじょさま》は、お隣《となり》の王女様《おうじょさま》に気《き》がつくと、
「まあ、あなたもよくこちらに来《き》てくださいました。
ちょっとお手伝《てつだ》いくださいな。
この青《あお》の石《いし》をこのすり鉢《ばち》で
よくすりつぶしてくださいな。
絵《え》の具《ぐ》は余《あま》りすぎるくらいに
作《つく》っておかないと、すぐに

料金受取人払郵便

新宿局承認

2524

差出有効期間
2025年3月
31日まで
（切手不要）

郵便はがき

1 6 0-8 7 9 1

1 4 1

東京都新宿区新宿1－10－1

(株)文芸社

愛読者カード係 行

ふりがな お名前		明治　大正 昭和　平成　年生　歳	
ふりがな ご住所	□□□-□□□□	性別 男・女	
お電話 番　号	（書籍ご注文の際に必要です）	ご職業	
E-mail			
ご購読雑誌（複数可）		ご購読新聞 新聞	

最近読んでおもしろかった本や今後、とりあげてほしいテーマをお教えください。

ご自分の研究成果や経験、お考え等を出版してみたいというお気持ちはありますか。

ある　　ない　　内容・テーマ（　　　　）

現在完成した作品をお持ちですか。

ある　　ない　　ジャンル・原稿量（　　　　）

書　名			
お買上 書　店	都道　　　市区 府県　　　郡	書店名	書店
		ご購入日	年　月　日

本書をどこでお知りになりましたか?

1.書店店頭　2.知人にすすめられて　3.インターネット(サイト名　　　)

4.DMハガキ　5.広告、記事を見て(新聞、雑誌名　　　)

上の質問に関連して、ご購入の決め手となったのは?

1.タイトル　2.著者　3.内容　4.カバーデザイン　5.帯

その他ご自由にお書きください。

(　　　)

本書についてのご意見、ご感想をお聞かせください。

①内容について

②カバー、タイトル、帯について

弊社Webサイトからもご意見、ご感想をお寄せいただけます。

ご協力ありがとうございました。

※お寄せいただいたご意見、ご感想は新聞広告等で匿名にて使わせていただくことがあります。

※お客様の個人情報は、小社からの連絡のみに使用します。社外に提供することは一切ありません。

■書籍のご注文は、お近くの書店または、ブックサービス(0120-29-9625)、セブンネットショッピング(http://7net.omni7.jp/)にお申し込み下さい。

使《つか》えないのですよ。
だからこうやって用意《ようい》しておくのです。」
そう言《い》って小《ちい》さなすり鉢《ばち》とすりこぎ棒《ぼう》をお渡《わた》しされました。
お隣《となり》の王女様《おうじょさま》はおもしろがって、一生懸命《いっしょうけんめい》石《いし》をすりつぶしました。
心《こころ》も込《こ》めました。

「おかげでとても助《たす》かりました。」
と後《あと》でわが国《くに》の王女様《おうじょさま》からお言葉《ことば》をいただきました。
青《あお》い絵《え》の具《ぐ》と、黄色《きいろ》と、赤《あか》はよく使《つか》うのです。
青《あお》はとても貴重《きちょう》だということです。
絵《え》の具《ぐ》の青《あお》は石《いし》からできるなんてすごいですね。
そしてお洋服《ようふく》を作《つく》るための布《ぬの》もこの青《あお》から染《そ》められました。

とても高価《こうか》だったので、特別《とくべつ》なお洋服《ようふく》にしか使《つか》われなかったようです。

あなたのお洋服《ようふく》で青色《あおいろ》はありますか？

第10話《だいじゅうわ》

暇《ひま》な王女様《おうじょさま》が
いつものように馬《うま》に乗《の》って
お城《しろ》の外《そと》の村々《むらむら》を視察《しさつ》に出《で》かけました。
もちろんお隣《となり》の王女様《おうじょさま》もご一緒《いっしょ》に。
そしてお供《とも》はまだ15歳《じゅうごさい》にもなったかどうかという
ベネディクトです。

ある村《むら》に行《い》く途中《とちゅう》、森《もり》を抜《ぬ》けた分《わ》かれ道《みち》に
見慣《みな》れない馬車《ばしゃ》が停《と》まっていました。
どうやら外国《がいこく》から来《き》た馬車《ばしゃ》のようです。

馬《うま》は一頭《いっとう》ですが、その馬車《ばしゃ》はとても長《なが》く、
王女《おうじょ》の国《くに》には無《な》い形《かたち》のものでした。
お世話《せわ》係《がかり》のベネディクトは、
王女様《おうじょさま》の後《うし》ろにいて少《すこ》し心配《しんぱい》になりました。
なぜなら王女様《おうじょさま》は好奇心旺盛《こうきしんおうせい》で、
きっとこの馬車《ばしゃ》の持《も》ち主《ぬし》に話《はな》しかけるだろうと思《おも》ったからです。
案《あん》の定《じょう》……

「ごめんくださいませ、どなたかいらっしゃいますか？」
と声《こえ》をかけますと、馬車《ばしゃ》の中《なか》から3人《さんにん》の子供《こども》たちと
2人《ふたり》の大人《おとな》が出《で》てきました。
でも言葉《ことば》は通《つう》じません。
しかし　悪《わる》い人《ひと》たちではなさそうです。
馬《うま》に休憩《きゅうけい》してもらっているようです。

小《ちい》さな女《おんな》の子《こ》が王女《おうじょ》に何《なに》か渡《わた》しました。
それは小《ちい》さな手作《てづく》りの扇子《せんす》のようです。
王女《おうじょ》が「きれいですね。見《み》せてくださってありがとう。」
とお返《かえ》ししますと、また渡《わた》してきます。
どうやら差《さ》し上《あ》げるという意味《いみ》らしいです。
王女《おうじょ》は「こんなに大事《だいじ》なものを頂《いただ》くわけには行《い》きません。」
とにっこりして大人《おとな》たちを見《み》ますと、
どうぞどうぞと言《い》っているようです。
ベネディクトに、
「では持《も》ってきたパンを幾《いく》つか差《さ》し上《あ》げて。」と。
馬車《ばしゃ》の人《ひと》たちは喜《よろこ》んでパンを受《う》け取《と》りました。
そして王女《おうじょ》とお隣《となり》の王女様《おうじょさま》とベネディクトは先《さき》を急《いそ》ぎました。

お隣《となり》の王女様《おうじょさま》は、

「私《わたし》はハラハラしましたわ、でもおもしろかった。

その扇子《せんす》を後《あと》で見《み》せてね。」と。

さて視察《しさつ》を済《す》ませてお城《しろ》に戻《もど》ると、
わが国《くに》の王女様《おうじょさま》、お隣《となり》の王女様《おうじょさま》を誘《さそ》って、
すぐ図書室《としょしつ》に向《む》かいました。
その美《うつく》しい扇子《せんす》のことを調《しら》べました。
どうやら彼《かれ》らはジプシーという移動民族《いどうみんぞく》のようです。
色鮮《いろあざ》やかな馬車《ばしゃ》は家《いえ》のように立派《りっぱ》でした。
王女様《おうじょさま》は良《い》いことを思《おも》い付《つ》きます。

「そうだ。」

長《なが》い馬車《ばしゃ》を作《つく》って大勢《おおぜい》乗《の》れるようにしたらどうでしょう。

早速《さっそく》、家具《かぐ》職人《しょくにん》や馬具《ばぐ》職人《しょくにん》を呼《よ》んで相談《そうだん》しました。

大勢《おおぜい》が乗《の》れる馬車《ばしゃ》ができたら、便利《べんり》に決《き》まっています。
ただ車輪《しゃりん》や車軸《しゃじく》が重量《じゅうりょう》に耐《た》えられるか、
工夫《くふう》が必要《ひつよう》とのことでした。

楽《たの》しみです、皆《みな》さんも乗《の》ってみたいですよね。

第《だい》11《じゅういち》話《わ》

世界中《せかいじゅう》の皆《みな》さんは、
サンドリーヌという王女様《おうじょさま》をご存知《ぞんじ》だと思《おも》います。
そう、シンデレラ姫《ひめ》のこと。

サンドリーヌ王女様《おうじょさま》は、
今《いま》は2男《になん》2女《にじょ》の素晴《すば》らしいお子様《こさま》たちと王様《おうさま》と、
幸《しあわ》せに暮《く》らしておいでです。
そこのお城《しろ》の楽師《がくし》たちの中《なか》には、リュートの名手《めいしゅ》や、
ヴィオラやガンバの名手《めいしゅ》がいらっしゃいます。
サンドリーヌ王女《おうじょ》自《みずか》らチェンバロを演奏《えんそう》なさるし、

王女様《おうじょさま》のお城《しろ》には、
素晴《すば》らしいパイプオルガンもあるということです。

そのサンドリーヌ王女様《おうじょさま》から
作曲家《さっきょくか》のジャン　バプテイスト　ルリが
いくつもの新《あたら》しい舞踏《ぶとう》の曲《きょく》を作曲《さっきょく》なさったということで、
また舞踏会《ぶとうかい》を開《ひら》くというお手紙《てがみ》を素敵《すてき》な騎士《きし》が持《も》ってまいりました。
それでわが国《くに》の王女《おうじょ》は、サンドリーヌ王女様《おうじょさま》に、
「親愛《しんあい》なるサンドリーヌ王女様《おうじょさま》、
お手紙《てがみ》ありがとうございました。素晴《すば》らしいお話《はなし》。
ご招待《しょうたい》ありがとうございます。
ぜひジャン　バプテイスト　ルリ様《さま》の新曲《しんきょく》もお聴《き》きしたいし、
新《あたら》しいダンスも習《なら》いたいと思《おも》います。
勝手《かって》ですが、お友達《ともだち》のお隣《となり》の王女様《おうじょさま》をお連《つ》れさせてくださいませ。

お会《あ》いできるのを楽《たの》しみにしております。
心《こころ》をこめて。

追伸《ついしん》、
新《あたら》しい色《いろ》でデザイン柄《がら》のシルク布《ぬの》を
お土産《みやげ》にお持《も》ちいたします。
絶対《ぜったい》あなたにお似合《にあ》いだと思《おも》います。」
と返事《へんじ》をしたためました。

わが国《くに》の王女様《おうじょさま》も素晴《すば》らしい演奏家《えんそうか》であられますから、
きっと新《あたら》しい楽譜《がくふ》を手《て》に入《い》れていらっしゃると思《おも》います。
そしてどのような衣装《いしょう》をお召《め》しになるのでしょうか？
ワクワクですね。

皆《みな》さんは舞踏会《ぶとうかい》に行《い》きたいと思《おも》いますか?
ジャン　バプテイスト　ルリさんの曲《きょく》は知《し》っていますか?

つづく

あとがき

良《よ》い子《こ》の皆《みな》さんこんにちは。Angie《アンジー》です。
また昔《むかし》子供《こども》だった皆《みな》さんこんにちは。

このショートストーリー童話《どうわ》は、紙《かみ》に書《か》かれたものではなく、ルドルフシュタイナーシューレ富士《ふじ》、International に幼稚園《ようちえん》があった頃《ころ》、心《こころ》の赴《おもむ》くままお話《はな》ししたものです。
それらをなんとなく思《おも》い出《だ》して書《か》いてみました。
でも結構忘《けっこうわす》れていて、もうちょっと面白《おもしろ》い話《はなし》だったな、というところもあります。
というのは生《なま》で話《はな》している時《とき》って、
急《きゅう》に子供達《こどもたち》の質問《しつもん》が入《はい》ってそれに答《こた》えていたり、
お天気《てんき》が急《きゅう》に大雨《おおあめ》と雷《かみなり》になって話《はなし》が中断《ちゅうだん》されたり、

こともあろうに宅配便《たくはいびん》が届《とど》いたりなんていうこともありました。
それで思《おも》い出《だ》したお話《はなし》をこうやってまとめてみました。
またもっと思《おも》い出《だ》したり、思《おも》いついたりしたら、
書《か》き留《と》めておきたいと思《おも》っています。

1作目《いっさくめ》の絵本《えほん》『ロバの王子《おうじ》』は日本語《にほんご》と英語《えいご》、今回《こんかい》は日本語《にほんご》だけですが、
もしも私《わたし》の前《まえ》に日本語《にほんご》がわからない子供《こども》がいたら、
そのまま英語《えいご》、やドイツ語《ご》でお話《はなし》ししますね。

この小《ちい》さなショートストーリー童話《どうわ》が皆《みな》さんのバッグに入《はい》っていろんなところに
旅《たび》をしますように。〝ひまな王女《おうじょ》さま〟の国《くに》にも行《い》けますように。

２０２４年１月　Angie（Angie先生《せんせい》はニックネーム）

きたがわ雅子《まさこ》

著者プロフィール

きたがわ 雅子（きたがわ まさこ）

1952年、静岡県富士市入山瀬生まれ。
J.F.Oberlin University英語英文科卒業。
東京都英語教員免許取得。

1986年、スイスドルナッハにあるルドルフ・シュタイナー博士が設立したゲーテアヌム精神科学自由大学（教育学部）を日本人として初めて卒業後、世界共通シュタイナー学校教員免許取得。


卒業以来富士市にてルドルフシュタイナーシューレ富士,Internationalに勤務。

ピアノ、ヴァイオリン、リコーダーなどの楽器や歌をはじめ、外国語、シュタイナー教育のアントロポゾフィ水彩画、オイリュトミー、シュプラッヘゲシュタルタント、農業、一般人間学など様々な分野を指導する。

また、シュタイナー学校のアントロポゾフィ水彩画ではない抽象画家として活躍している。環境･建築デザイナー、コンサートプロデューサー、コラムニスト、占い師、カウンセラーなど、多方面に精力的に活躍中。

家族は夫と娘。

富士市在住。

著書
『ロバの王子』（2017年、文芸社）

Video出版「私たちのシュタイナー学校」
ルドルフシュタイナーシューレ富士,Internationalとして
（2000年発売、イザラ書房）
1986年から続いている月刊「子供の教育」編集出版者

ひまな王女さま

2024年 6 月15日　初版第 1 刷発行

著　者　きたがわ 雅子
発行者　瓜谷 綱延
発行所　株式会社文芸社
〒160-0022　東京都新宿区新宿1－10－1
電話　03-5369-3060（代表）
03-5369-2299（販売）

印刷所　図書印刷株式会社

ISBN978-4-286-24617-8